A Yuna, mi pequeña valiente, por creer que existen cientos de cosas mucho mejores que ser princesa.

Susanna Isern

Para Patricia y Nacho, por dejar entrar a este brujo en su reino.

David Sierra

Papel certificado por el Forest Stewardship Council ®

FSC
www.fsc.org
MIXTO
Papel procedente de
fuentes responsables
FSC® C117695

Primera edición: abril de 2020

© 2020, Susanna Isern, por los textos
© 2020, David Sierra Listón, por las ilustraciones
© 2020, Penguin Random House Grupo Editorial, S.A.U.
Travessera de Gràcia, 47-49. 08021 Barcelona

Printed in Spain – Impreso en España

ISBN: 978-84-488-5503-1
Depósito legal: B-1.725-2020

Compuesto por Rebeca Podio
Impreso en Talleres gráficos Soler, S.A.
Esplugues de Llobregat (Barcelona)

BE 5 5 0 3 A

Penguin
Random House
Grupo Editorial

Susanna Isern

David Sierra Listón

La bruja que no quería ser princesa

♪* Beascoa

En el remoto bosque olvidado, había una cabaña
construida en las ramas de un fantasmagórico árbol.
Por la chimenea siempre salía humo. A veces
de color carbón y otras añil, azufre o carmín.

En el cuarto más tenebroso de la cabaña, una bruja
le daba vueltas a su gran caldero. La bruja Petra
trabajaba en una nueva poción mágica.

«Un escupitajo de rana,
Una pizca de telaraña,
Un mechón de ogro repelente,
Un estornudo de gato verde...».

De pronto, se oyó un sonido estridente que provenía del exterior de la cabaña:

¡Tataráááá! ¡Tataráááá! ¡Tataríííí!

—¡Por todos los sapos y culebras! ¿Quién osa interrumpir de esta manera?

La bruja abrió la puerta echando humo como su chimenea. Un hombrecito desplegó un pergamino casi tan grande como él, se aclaró la voz y comenzó a leer:

Desde el palacio de Sotavento nos complace comunicarle a doña Petra de los Tornados la reciente muerte de su tío abuelo, su majestad el rey Papanatas V.

Por ser el familiar más cercano del difunto rey y la única heredera de la corona, le rogamos nos acompañe para convertirse en nuestra princesa y futura reina.

Firmado:

Los consejeros de Sotavento.

Petra no podía dar crédito a lo que acababa de oír.

—¿Princesa, yo? ¿Me has visto bien? ¡Soy una bruja!

—Pero usted es doña Petra de los Tornados, ¿verdad? —preguntó el mensajero real tartamudeando.

—Petra de los Tornados, pero sin doña. Yo soy una de esas brujas que convierte a los príncipes en sapos y a los mensajeros reales en ratones.

Las piernas del hombrecito temblaron al oír aquella barbaridad.
Pero los ojos de Petra habían comenzado a brillar. Se imaginó siendo
una princesa con corona, viviendo en un lujoso palacio, comiendo
los más deliciosos manjares y haciendo siempre lo que le viniera en gana.
Sus amigas las brujas se morirían de envidia cuando se enterasen.

El reino de Sotavento se alzaba sobre una colina soleada.
Petra entró en sus dominios montada en un hermoso
carruaje de elegantes caballos.

Una vez en palacio, fue recibida por una menuda y elegante dama
de semblante serio. Al ver a la bruja, se le escapó una mueca.

—Bienvenida, majestad. Soy la marquesa de Pitiminí, la encargada de convertirte en una auténtica princesa. Descansa, querida, que tenemos mucho trabajo por hacer. Dentro de tres días habrá una gran fiesta en la que serás presentada en sociedad.

La bruja fue dirigida a sus aposentos. Su nueva habitación era tres veces más grande que su cabaña. Petra se dejó caer en el colchón y suspiró. Qué afortunada era, iba a convertirse en princesa.

Con el primer rayo de sol, la marquesa de Pitiminí la despertó.

Primero la metieron
en una gran bañera
de espuma.

Cortaron y limaron
sus largas uñas.

Desenredaron,
cortaron y peinaron
su enmarañado pelo.

¡Aaauuuuu!

Empolvaron y
maquillaron su cara.

Le depilaron las piernas, el bigote
y hasta algún pelo de la barba.

Le pusieron unas enaguas blancas
y un corsé apretadísimo...

Y Petra comenzó a parecerse a una auténtica princesa de cuento de hadas.

Antes.

Después.

Con tanto acicalado, le entró un hambre de lobo. La dirigieron a un comedor con una mesa interminable repleta de sabrosas y olorosas delicias. Petra estaba acostumbrada a la sopa rancia de cucarachas y ajo, así que se le hizo la boca agua. Sin poder esperar, agarró una pata de cordero con una mano y un puñado de puré de patatas con la otra. Pero justo cuando iba a hincarles el diente…

—Esos no son modales para una dama y, desde luego,
no son los alimentos adecuados. Aquí tienes tu ensalada
y los cubiertos de plata —dijo la marquesa de Pitiminí mientras
señalaba un platito con tres hojas de lechuga y tres rodajas de pepino.

Tras el ligero almuerzo, a Petra solo le quedaba una cosa por aprender.

—Bien, pues ahora que ya nos hemos deshecho de tu espantoso aspecto de bruja y que ya sabes cómo comportarte en la mesa, solo te falta aprender a saber estar.

—¿Saber estar? —preguntó Petra desconcertada.

—Sí, a partir de ahora eso es lo único que debes hacer: estar. Y si lo haces con la boca cerrada, mucho mejor. Practica estos días, se acerca la fiesta.

Y Petra estuvo sentada en el salón real viendo pasar a los empleados de palacio con sus caras tristes, estuvo paseando por el jardín contando nubes, estuvo tumbada en la cama mirando al techo...

Y al día siguiente otra vez lo mismo. Aunque entonces sucedió algo inesperado…

Petra paseaba por el jardín cuando, de pronto, unas cuantas manzanas cayeron a sus pies. Una de ellas aterrizó antes sobre su cabeza.

—¡Ayyy! ¿Quién anda ahí? —exclamó Petra mirando hacia las ramas.

En la copa del árbol, se escondía una niña. Llevaba los bolsillos repletos de manzanas.

—Conque esas tenemos, ¿eh, ladronzuela? —dijo mientras tiraba de uno de sus pies.

La niña bajó del árbol y comenzó a llorar.

—¿Tan horrible estoy? ¡Pero si ya no parezco una bruja! —se preguntó Petra al ver el llanto desconsolado de la niña—. ¿De dónde has salido?

—Soy del pueblo. Me he colado por un agujero que hay en el muro. Yo solo quería unas manzanas para que mi familia pueda comer.

—¿Comer? ¿Es que en el pueblo no tenéis árboles y huertos?

—En palacio disponéis de agua para regar. Pero hace mucho tiempo que no llueve. Fuera de aquí no hay nada.

Petra se asomó al otro lado del muro.
Efectivamente estaba todo muy seco. No había
hierba fresca, los árboles estaban mustios y
apenas bajaba agua por el río. En palacio todo
era riqueza y lujo; sin embargo, los aldeanos no
tenían ni para comer. La marquesa de Pitiminí
le había dicho que su función era saber estar
y no hacer nada, pero eso a Petra no le gustaba
en absoluto. Así que tomó una firme decisión:

YA NO QUERÍA SER PRINCESA.

Lo primero que hizo fue visitar al modisto.

—Me gustaría tener una colección de vestidos oscuros, leotardos de rayas y gorros puntiagudos. Uno de ellos lo necesito para la fiesta de mañana.

—Pero, majestad, la marquesa de Pitiminí…

—No hay peros que valgan. Si soy la princesa, me vestiré como me apetezca.

Después bajó a la cocina y la cocinera dio un respingo en cuanto la vio.

—Majestad, no debería estar aquí. Si se entera la marquesa de Pitiminí…

—Me importa un rábano la Pitiminí esa. Quiero un bocadillo de chorizo para comer. Y, por cierto, ¿dónde está la escoba?

Petra salió volando por la ventana con la escoba. La princesa bruja pasó todo el día fuera y al atardecer regresó a palacio cargada con un gran saco negro.

Al día siguiente era la fiesta y tenía que estar todo listo para el gran evento. Petra sembró malas hierbas y plantas venenosas por todo el jardín. Soltó sapos, ranas y culebras en el estanque. Y también murciélagos, que volaron para instalarse en los árboles. Después llegó el turno de las arañas; de su saco salieron decenas, centenas, millares de ellas, que corrieron veloces a esconderse hasta en el último rincón de palacio. Y, finalmente, mandó cuervos mensajeros en dirección al bosque olvidado.

A la mañana siguiente, el reino de Sotavento amaneció con un terrorífico aspecto. Las telarañas colgaban por todas partes. El jardín y los muros estaban invadidos por cardos, hiedra negra y flores de mandrágora. Todo tipo de bichos campaban a sus anchas alrededor. Y por la chimenea de palacio salía humo de color carbón, añil, azufre y carmín. Petra había instalado un caldero en su dormitorio y había pasado toda la noche cocinando una poción mágica.

Llegó la hora de la fiesta y, sin hacerse esperar, comenzaron a llegar miembros de la realeza desde todos los confines de la tierra. Al ver el aterrador aspecto del palacio, se quedaron anonadados. ¿A qué se debía aquella extraña decoración? ¿Acaso se trataba de una fiesta de disfraces?

La marquesa de Pitiminí se vistió con sus mejores galas y se dirigió a recibir a los invitados. En cuanto vio los cardos, las telarañas y los bichos avanzando por los pasillos, soltó un grito de horror de aquellos que hacen que se rompan los espejos.

De pronto, el mayordomo real anunció:

¡Tatarááá! ¡Tatarááá! ¡Tatarííí!

*«Tenemos el honor de presentarles a su majestad
la princesa Petra de los Tornados,
legítima heredera del reino de Sotavento».*

Los invitados miraron con expectación hacia las majestuosas escaleras que descendían hasta el salón. Todos esperaban con ansia para conocer a la nueva princesa. Fue entonces cuando apareció. Con su vestido oscuro, sus leotardos de rayas y su sombrero puntiagudo, volando sobre una escoba de bruja.

Los invitados chillaron espantados. Algunos se escondieron debajo de las sillas, otros huyeron despavoridos, y también los hubo que se quedaron paralizados como estatuas. La marquesa de Pitiminí no podía creer lo que veían sus ojos.

—¡Ve a vestirte ahora mismo como una princesa! ¿No te dije que lo único que debías hacer era saber estar? —gritó con la cara colorada como un cangrejo.

Pero a Petra no le gustaba el incómodo vestido de princesa y mucho menos eso de estar sin hacer nada. Además, esa voz de pito de la marquesa de Pitiminí le producía un terrible dolor de cabeza. Sin poder evitarlo, le lanzó un conjuro y la convirtió en una hermosa seta para que pudiera **SABER ESTAR** quieta y callada, justo como a ella le gustaba.

Y en ese preciso instante llegaron las invitadas que faltaban. Tres horripilantes brujas montadas en sus escobas entraron por la ventana y sobrevolaron el salón entre risas. Los allí presentes estaban cada vez más atemorizados.

—Bienvenidas a la fiesta, compañeras —dijo Petra—. Ya lo tengo todo preparado. Necesito vuestra ayuda.

Las cuatro brujas salieron por la chimenea de palacio como flechas.
Surcaron el cielo y ascendieron hasta allí donde las nubes escuchan
y la magia cobra vida. Comenzaron a volar en círculo mientras
clamaban al viento del norte y a las tempestades más oscuras.

De inmediato, el reino de Sotavento se cubrió de nubes grises
y espesas, acompañadas de rayos y truenos terroríficos.

Y, por primera vez en muchísimo tiempo, llovió.

Cayó un aguacero sobre los tejados y la tierra seca. El río y los pozos volvieron a llenarse de agua. Los habitantes de Sotavento salieron de sus casas y bailaron bajo la lluvia. Por fin la sequía había llegado a su fin.

Aquella primavera fue la más verde y florida de la historia de Sotavento. La cosecha fue espléndida y el reino entero se llenó de riqueza. Definitivamente no necesitaban a una princesa, ni a una reina, ni a un rey… Era mucho mejor tener a una bruja que velara por ellos.

Petra se había ganado el cariño y la admiración de todos, pero echaba mucho de menos sus paseos por el bosque olvidado y a sus amigas las brujas. Así que finalmente, un día, regresó a su cabaña del árbol.

Pero no lo hizo sola.

Una joven aprendiz de bruja la acompañaba. Cuando estuviera preparada, regresaría a Sotavento para clamar a la lluvia, enfrentarse con dragones feroces o convertir a príncipes azules en sapos, si era necesario.

A los más curiosos os gustará saber que Petra se llevó un bonito recuerdo de palacio. En una maceta había plantado una hermosa seta encantada. Dicen que si un joven y apuesto marqués se enamora de ella y la besa, se deshará el hechizo. Pero ¿puede alguien enamorarse de una seta?